Das Münchner Oktoberfest war vorbei, und Fanny Busch schwamm in Geld. Tagtäglich hatte sie gekellnert. Nun stand ihrem Traum nichts mehr im Weg. Auf die Frage ihrer Mutter, ob sie mit ihrem Leben jetzt was ‚Gescheites' anfangen würde, hatte sie gelacht.

„Mama, jetzt mache ich meinen großen Wurf. Ich hole mir unser Wirtshaus zurück!"

Einen Moment lang hatte die Mutter sie verständnislos angesehen, um dann theatralisch die Hände überm Kopf zusammenzuschlagen.

„Du meinst doch nicht den alten Kasten mitten im Nirgendwo, mit dem schon er nicht klargekommen ist?"

„Er" war Fannys Vater, mit dem die Mutter nie verheiratet gewesen und der seit dreiundzwanzig Jahren verschwunden war.

★ 1. DEZEMBER ★

„Genau den meine ich! Ich habe mir die Gastwirtschaft längst angesehen, weißt du, der Pachtvertrag wartet schon auf meine Unterschrift. Und das Beste: Ich krieg' das Vorkaufsrecht dazu."

„Fanny, lass es! Schon dein Vater hat sich an dem Dorf die Zähne ausgebissen. Mach du jetzt nicht den Fehler, dein hart verdientes Geld dorthin zu tragen, wo sie keine Fremden wollen."

„Mama! Das ist über zwanzig Jahre her. Dort ist die Zeit auch nicht stehen geblieben. Im Gegenteil. Das Landleben steht wieder voll im Trend."

Fannys Mutter zog ihr Gesicht in noch mehr Falten, als es sowieso schon hatte. Trotzdem war sie immer noch eine attraktive Frau mit ihrer nun gefärbten dunklen Rasta-Mähne und den himmelblauen Augen. Augenfarbe und Mähne hatte Fanny geerbt, nur leider leuchtete ihr Schopf feuerrot.

Auch sonst war sie ihrer Mutter ziemlich ähnlich, unangepasst und willensstark wie diese.

„Kind, glaub mir, das ist nichts dort. Niemand weiß das besser als ich. Dort hast du keine Zukunft!"

„Oh doch, Mama, ich hab's doch grad gesagt. Landleben ist in und mein Heimatdorf der perfekte Ort. Und ich weiß auch schon, wie ich das Wirtshaus herrichten werde. Du wirst es lieben."

Ihre Mutter schnalzte missbilligend mit der Zunge wie früher, als Fanny noch Schülerin war und sich vor den Hausaufgaben drückte.
„Heimatdorf. Quatsch! Du warst sieben, als wir weggezogen sind, und lebst seit dreiundzwanzig Jahren in der Stadt. Nimm deine rosa Brille ab."

Doch Fanny hatte sich das Wirtshaus in den Kopf gesetzt. Ein Scheitern gab es für sie nicht.

★ 1. DEZEMBER ★

Die Gaststätte war alt, aber in gutem Zustand. Die Renovierung lief wie geschmiert. Fanny wusste außerdem, wie man zu Werbezwecken mithilfe von Social Media „griabig" Landleben zelebrierte. So wurde der Kachelofen mit der Bank rundum durch karierte Kissen, urige Bierhumpen und getrockneten Kräutersträuße zum Inbegriff ländlicher Gastlichkeit.

Der Verpächter Josef Pichl zeigte sich angetan von den Wundern, die Fanny mit wenigen Handgriffen zu vollbringen schien. Er half ihr, indem er Handwerker organisierte, auf die Fanny andernfalls wochenlang hätte warten müssen. Euphorisch schickte sie ihrer Mutter die ersten Bilder der renovierten Gaststube. Die Mutter schrieb nur: „Fanny, nimm die rosa Brille ab!" Danach schwieg sie zu weiteren Whatsapp-Nachrichten. Fanny verletzte das zwar, doch ihr Optimismus überwog.

„Wer hätte gedacht, dass eine aus der Stadt so viel Sinn für Althergebrachtes hat", lobte Josef Pichl in seinem besten Hochdeutsch. „Hast schon mal auf dem Land gelebt?"

Bevor Fanny antworten konnte, erschien eine Frau ihres Alters in der Wirtsstube.

„Fanny Busch, was willst du denn wieder hier?", sagte sie ohne Begrüßung.

Fanny kniff die Augen schmal. „Kennen wir uns?"

„Marlies! Jetzt sei nicht so grob. Das Mädel aus der Stadt macht seine Sache gut. Für dich wäre das hier nix. Das weißt du auch."

Pichl und die Frau namens Marlies fixierten einander nicht gerade freundlich.

„Onkel, du weißt schon, wer das ist?"

★ 2. DEZEMBER ★

„Ja, sicher. Eine junge Frau aus der Stadt, die was auf dem Kasten hat."

Fanny musste über den Reim lachen.

„Da, die lacht dich doch jetzt schon aus", schnappte Marlies. „Wart nur, die bringt alles Schlechte zurück ins Dorf! History repeats itself."

„Dein Englisch interessiert mich nicht! Und jetzt lass uns in Ruh."

Marlies schlug die schwere Wirtshaustür mit erstaunlicher Kraft hinter sich zu.

„Also – hast schon mal auf dem Land gelebt?"

Wieder wurde ihr Gespräch unterbrochen. Eine hochgewachsene blonde Frau kam schnurstracks in die Wirtsstube marschiert und streckte Fanny ihre Hand entgegen.

„Halloooo! Ich bin Ilka Märtel! Und freu mich riesig, dass du, ich darf doch du sagen, wir sind ja auf dem Land …" Ihr perlendes Lachen unterbrach den Satz. „Also, ich find's mega, dass du das Wirtshaus wieder aufmachst. Weißt du, ich habe in München ein Juweliergeschäft samt Showroom. Da kommen wir beide doch bestimmt ins Geschäft – Stichwort Country-Showroom!"

Fanny stimmte begeistert zu und Josef Pichl grinste fröhlich.

★ 2. DEZEMBER ★

Schon Mitte Dezember hatte Fanny alle Hände voll zu tun. Zweimal die Woche und sonntags gab es warme Speisen. Das lief so gut, dass Fanny eine Köchin in Vollzeit einstellte.

Eines Abends waren alle Tische voll besetzt mit Familien aus dem Dorf, Alteingesessene wie auch Zugezogene. Am einzigen Zweiertisch saß allein ein langer Kerl mit Segelohren. Er hielt sich an einer Apfelschorle fest und musterte die Anwesenden auf sonderbare Weise.

„Sag mal", fragte Fanny ihre Köchin. „Wer ist das eigentlich da ganz allein?"

Die steckte ihren Kopf kurz aus der Küche. „Ach, der Emil. Der ist komisch. Lebt allein, seit der Vater tot ist. Angeblich betet er irgendwelche Geister an."

Fanny rollte die Augen. Typisch Dorf. Sie war besonders freundlich zu ihm und fand ihn ganz normal.

Zu ihrer Überraschung schien er sich wegzuducken, nachdem sie ihm zugelächelt hatte.

Da betrat Ilka in Begleitung eines bemerkenswert schönen Mannes die Wirtsstube und steuerte direkt auf Fanny zu.

„Hey! Du hast nicht reserviert, oder?" Fanny schnitt eine Grimasse. „Ist grad alles voll, aber wenn ihr ein wenig warten wollt?"

„Das passt perfekt so!", flötete Ilka und schwang sich auf einen Hocker an der Bar. „Übrigens, das ist Klaus, mein Mann."

★ 3. DEZEMBER ★

Der lachte Fanny an, und das Wort „Sahneschnitte" schoss ihr durch den Kopf. Sie lächelte zurück. In ihrer unverblümten Art griff sich Ilka ein Glas und einen Löffel von der Theke, erzeugte mit beidem ein helles Klingen und wandte sich den Gästen zu.

„'n Abend zusammen! Was haltet ihr davon, wenn wir nächste Woche zur Wintersonnwende hier eine kleine Feier machen? Mit Feuer draußen? Das ist doch auch die erste Raunacht, da könnten wir hier drin 'ne coole Deko machen, so mystisch und mit Hexenkram und Rauch und so. Wow! Ich wohne seit einem Jahr im Dorf und, hey! Was, wenn wir alle gemeinsam die Traditionen wieder aufleben lassen? Und mit Weihnachtsmann – gell, Klaus! – und Gaben für die Kleinen. Na?"

Kurz wurde es still, dann schallte Zustimmung durch die Wirtsstube. Etliche Kinder jubelten.

Ilka klatschte in die Hände. „Supi! Und unsere Fanny lässt sich lecker Essen einfallen, stimmt's?"

Fanny nickte lachend.

„Raunacht? Da gibt's keinen Weihnachtsmann!", dröhnte unvermutet Emils Stimme. „Da kommt die Wilde Jagd!"

„Emil, lass' gut sein. Hier kommt der Weihnachtsmann, und aus!" Josef Pichl war aufgestanden und sah Emil streng an. Den beutelte kurz eine Emotion, dann legte er Geld auf den Tisch und ging zur Tür. Dort drehte er sich nochmals um. „Und es kommt doch die Wilde Jagd, ihr werdet sehen! Von wegen Weihnachtsmann!" Fanny nickte beschwichtigend zu ihm hin.

★ 3. DEZEMBER ★

Nachdem die Raunachtsfeier beschlossene Sache war, hatte Fanny jeden Abend das Wirtshaus voll. Nicht nur Dorfbewohner kamen. Die Website hatte sie mit Klaus' kostenloser professioneller Hilfe nochmals aufgepeppt. Geld spielte bei ihm generell wohl keine Rolle. Ständig schmiss er Lokalrunden und ließ Fannys Kasse klingeln. Sie wusste, sie war Klaus zu Dank verpflichtet. Er kam oft allein, und Fanny merkte, wie sie seine Gegenwart genoss. Er war witzig und charmant, schien ihre Nähe zu suchen. Anfangs war Fanny unsicher, weil sie an Ilka dachte. Für die jedoch schien das ganz normal. Einmal tauchte sie unerwartet auf, als Klaus Fanny zu sich zog. Ohne Umstände gesellte sie sich hinzu, und so umarmten sich alle drei.

Aber nicht jeder im Dorf mochte Fanny. Das fand sie heraus, als sie ungewollt ein Gespräch im Dorfladen mithörte. „Eine Raunachtsfeier im Wirtshaus! Wenn sie wenigstens räuchern würden. Aber nein, mit Weihnachtsmann! Kommerzieller Schwachsinn. Und mein Onkel spielt da auch noch mit."

Fanny erkannte Marlies' Stimme, obwohl sie sie seit damals im Wirtshaus nicht mehr gesehen hatte.

„Komm, spar dir deine Energie, wenn du was nicht ändern kannst. Ich hab' dir ja gleich gesagt, dass er nicht an dich verpachten wird."

Marlies' Hochdeutsch stand in krassem Gegensatz zur harten Mundart der Ladeninhaberin.

★ 4. DEZEMBER ★

„Ich verstehe es trotzdem nicht. Meine Mutter hat ihm doch gesagt, wer Fanny wirklich ist."

„Der hat doch noch nie auf seine Schwester gehört. Lass es gut sein. Es hat immer alles einen Grund, auch wenn was nicht hinhaut."

Marlies sagte daraufhin etwas sehr leise, was der Kauffrau ein böses Lachen entlockte. Fanny lauschte jetzt angestrengt.

„Im Ernst, dem Xaver seine Tochter? Echt, die traut sich."

Fanny erstarrte. Xaver war ihr Vater. Marlies flüsterte weiter und der Körpersprache nach erzählte sie nichts Nettes. Die Krämersfrau verzog das Gesicht.

„Na, hoffentlich nicht noch einmal!", entfuhr ihr ziemlich laut.

„Scht!", zischte Marlies, und Fanny duckte sich hinter ein Regal.

Als sie bewusst erst etliche Minuten später mit ihrem Einkauf zur Kasse kam, sah ihr die Ladenbesitzerin nicht ins Gesicht. Fannys Nacken kribbelte. Sie war versucht zu fragen, was mit ‚die traut sich' denn gemeint war. Aber sie tat es nicht, sondern beschloss, mit Josef Pichl selbst zu sprechen. Dass dieses Gespräch tödlich enden würde, konnte da noch niemand ahnen.

Zurück im Wirtshaus fand Fanny in der Küche eine tote Maus auf der Arbeitsplatte. Kopflos lag sie da.

★ 4. DEZEMBER ★

[...]n ganzen Tag hatte Fanny in der Küche gestan[den]. Sie backte Plätzchen, bereitete Bratäpfel und eine Brotzeit vor. Eine der Landfrauen hatte ihr morgens geholfen, die Gaststube in einer romantischen Mischung aus Raunachtzauber und Weihnachtsgemütlichkeit zu dekorieren. Fanny freute sich, ja, sie war sogar ein bisschen aufgeregt. Denn dieser Abend war besonders. „Geschlossene Gesellschaft" stand an der Tür.

Das Wetter schlug leider eine seiner Kapriolen. Ein Föhnsturm fegte übers Land. Er rüttelte an den Ästen der kahlen Eschen vorm Wirtshaus. Im nahen Wald bogen sich die Fichten rauschend unter dem Druck der Böen. Die alten Dachpfannen klapperten. Ein loser Fensterladen im ersten Stock schlug rhythmisch gegen die Mauer, bis Fanny ihn fixierte. Weil das Wirtshaus auf einem kleinen Hügel oberhalb des Dorfes lag, bewunderte sie für ein paar Augenblicke die scheinbar zum Greifen nahe Alpenkette. Der Sturm toste weiter und riss eine Dachpfanne in die Tiefe, wo sie auf dem Parkplatz zerschellte und Fanny erschreckte.

„Wirklich, wie die Wilde Jagd", murmelte sie und dachte kurz an Emil. In der Wirtsstube jaulte der Wind aus dem Kachelofen. Fanny beschlich ein seltsames Gefühl. Doch als die ersten Gäste kamen, Haar und Kleidung zerzaust, vergaß sie es sofort. Die Kinder naschten Plätzchen und tranken Kinderpunsch dazu. Für die Erwachsenen gab's Glühwein oder Bier. Heiteres Geplauder erfüllte die Wirtsstube. Hinter der Theke wartete ein gefüllter Jutesack. Darin Mandarinen, Äpfel und kleine Geschenke, von den Eltern vorab mit Namenszettelchen versehen, die der Weihnachtsmann an die Kinder verteilen würde.

Auch Josef Pichl war da und unterhielt sich angeregt mit Ilka. Selbst Marlies war gekommen, gemeinsam mit ihrem Ehemann Hannes, der eben zu den Toiletten ging. Fanny lächelte erfreut, während sie servierte. Emil aber fehlte. Die alte Wanduhr schlug sechs. Jetzt würde der Weihnachtsmann erscheinen, so war es ausgemacht. Fünf nach sechs, zehn nach sechs. Fanny tauschte einen Blick mit Ilka, die die Schultern hob.

Die Wirtshaustür flog auf und an die Wand. Es wurde mäuschenstill, als eine grausige Gestalt über die Schwelle trat. Einäugig und finster blickend, einen Flügelhelm auf dem Kopf und eine Lanze in der Hand. Der Sturm ließ ihren schwarzen Umhang flattern. Ein paar Kinder schrien auf. Wild blickte der Einäugige hin und her. „Wo versteckt sich euer Weihnachtsmann? Ha! Zu feig, um mir die Stirn zu bieten!"

„Bist du das, Emil?", polterte Josef Pichl. „Geh heim und lass uns hier in Ruh'!"

„Hörst du nicht?", fiel eine Mutter ein. „Wir brauchen hier keinen Kinderschreck. Verschwinde!"

„Ich schreck' mich nicht", piepste eine hohe Kinderstimme.

Das schien zu viel zu sein für Emil in seiner Verkleidung. „Ihr habt es ja nicht anders verdient! So wie ihr die alten Bräuche mit Füßen tretet. Da! So ist die Wilde Jagd!"

Mit seiner freien Hand griff er in den Umhang, zog eine kleine Glasampulle hervor und schleuderte sie zu Boden. Sie brach leise klirrend. Alle starrten darauf. Unsichtbar, doch explosionsartig entließ sie einen bestialischen Gestank in die Wirtsstube. Da schimpften die Erwachsenen und sprangen auf. Etliche Kinder würgten. Chaos brach aus. Der Einäugige floh. Als der Sturm die Wirtshaustür zuknallte, blieb Fanny allein zurück.

★ 5. DEZEMBER ★

Kurz darauf kroch ein Auto ohne Licht den von Buschwerk gesäumten Weg zum Wirtshaus herauf. Hinter der Frontscheibe zeichneten sich schwach hell eine undefinierbare Gesichtskontur und zwei ums Lenkrad gekrallte Hände ab. Stürme waren gar nicht gut wegen der Schäden, die sie Hab und Gut zufügten. Heftige Unwetter hatten in den letzten Jahren bedrohlich zugenommen und die Versicherungen zahlten auch immer weniger. Heute aber war das Tosen sehr willkommen, da es das Brummen des Motors schluckte. Den alten Eschen vor dem Wirtshaus schien der Sturm den Garaus machen zu wollen, so sehr riss er an den Ästen und beutelte die Kronen. Der Wagen bremste und hüllte die Umgebung kurz in rotes Licht. Er rollte weiter, vorbei am Wirtshaus mit den erhellten Fenstern, Richtung Fichtenwald. Ein morscher Ast brach von einer der Eschen und knallte aufs Autodach. Wieder stoppte das Fahrzeug und die Umgebung leuchtete rot auf. Dann machte der Wagen einen Hopser und der Motor starb ab.

★ 6. DEZEMBER ★

Sekundenlang passierte gar nichts. Langsam öffnete sich die Fahrertür einen Spalt, während der Wind dagegendrückte. Doch die verschwommen erkennbare Gestalt wollte offenbar tatsächlich raus und kämpfte, bis sie die Tür aufbekam. Sie kletterte ungelenk aus dem Auto. Sofort fuhr der Sturm unter die voluminöse Jacke und verwirbelte Haare, die unter der Kopfbedeckung rauslugten. Gewaltig, die Energie, die der Sturm hier auf der Anhöhe entfaltete. Und als hätte dieser Spaß am Kräftemessen, riss er die Heckklappe in die Höhe und ließ sie mit solcher Wucht in die Scharniere schnellen, dass der Wagen schaukelte. Der Wind riss zwei Flüche mit sich fort. Im Kofferraum lag gekrümmt ein langes Bündel und es war auch sehr schwer. Unter Kraftaufwand wurde es aus dem Wagen gezerrt. Sofort ergriff der Sturm die Gelegenheit, am Überrock zu reißen, während vor Anstrengung zitternde Arme das Bündel über den Boden schleiften. Und zwar bis zum Fuß der alten Eschen, aus denen die rohe Windkraft kleine Äste wie Geschosse herunterprasseln ließ. Als wäre es ein heiteres Spiel, fuhr der Sturm unter Rockschöße und rupfte an einem weißen Kunsthaarbart. Geduckt hastete die Gestalt, mit einer Hand die Kopfbedeckung haltend, wieder zum Auto. Sekundenlang verharrte der Wagen reglos, dann rollte er ohne Motor den Weg zurück und wurde dabei ziemlich schnell, bis der Fahrer an der Hauptstraße kräftig bremste. Endlich sprang der Motor an und das Auto glitt ohne Licht ins Dorf zurück.

★ 6. DEZEMBER ★

Chaos ausbrach, war Fanny instinktiv an die Ofenbank zurückgewichen. Da saß sie immer noch, fassungslos wie nie zuvor im Leben, die Nase in die Armbeuge gesteckt. Eine verdammte Stinkbombe! Die tote Maus fiel ihr ein. Doch keine Katze, die nur den Kopf gefressen hatte? Könnte noch was Schlimmeres kommen?
Draußen toste weiterhin der Sturm. Das Heulen aus dem Kamin klang ihr nun wirklich bedrohlich. Draußen schimmerte ganz kurz rotes Licht. Fanny wollte zum Fenster gehen und hinausschauen, blieb aber sitzen. Etwas knallte und sie fuhr zusammen. Angst hatte sie selten in ihrem Leben, aber nun fühlte sie, dass das unbekannte Gefühl sich ihrer bemächtigte. Nochmals dieses schnelle rote Licht. Rangierte da wer auf dem Parkplatz? Die Gäste waren doch längst weg.

Eigentlich rauchte Fanny nur draußen, jetzt aber steckte sie sich eine Zigarette an. Nach zwei Zügen löschte sie die Glut in einer Glühweintasse und stand auf.

„Zum Teufel mit dem Chaos hier!", sagte sie sehr laut. Mit wenigen langen Schritten war sie an der Wirtshaustür und riss diese auf. Der Bewegungsmelder reagierte erst, als Fanny eine Art Tanz aufführte, und tauchte den Parkplatz in gelbes Licht. Am Boden lagen abgebrochene Äste, auch ihr Kombi war damit bedeckt. Ansonsten nichts und niemand. Fanny lauschte. Der Sturm war abgeflaut. Irres Wetter.

Irres Dorf?

 7. DEZEMBER ★

Aus dem Augenwinkel nahm sie eine Bewegung wahr und erschrak. Sie sprang zurück ins Wirtshaus, knallte die Tür zu und drehte den Schlüssel zweimal im Schloss herum. Ihr schlug nun das Herz bis zum Hals. Obwohl der Sturm nur noch ein Lüftchen war, knarzte die Hintertür. Die Tür war nie abgeschlossen. Und da waren Schritte. Mit fliegenden Fingern packte Fanny eine halb leere Bierflasche zur Verteidigung. Im Lichtschein, der in den hinteren Flur reichte, erschien eine lange dünne Gestalt, an deren großem Kopf unverkennbar die abstehenden Ohren prangten. Emil. Er war einäugig geschminkt, hielt einen dämlichen Helm mit Flügeln in einer Hand, in der anderen eine Lanze. Fannys Furcht wandelte sich in blanken Zorn.

„Bist du irre! Hau bloß ab, sonst schlag´ ich dir den Schädel ein!" Sie hielt ihm drohend die Flasche entgegen.

Doch Emil kam näher und näher. Im Licht der Wirtsstube sah Fanny seinen starren Gesichtsausdruck und dass er am ganzen Leib zitterte.

„Emil, was soll das? Was für eine beschissene Show ziehst du hier ab? Du hast meinen Abend ruiniert!"

Er schien sie nicht zu sehen, entsperrte die Wirtshaustür, drehte sich zu Fanny um und stammelte.

„Was ist?"

„Da draußen liegt der Weihnachtsmann."

★ 7. DEZEMBER ★

RAUNACHTMORD

8

Blut pochte in Fannys Ohren, als sie Emil nach ßen und ein Stück Richtung Fichtenwald folgte. ..it der Föhnwind nachließ, sank die Temperatur rasant. Fanny spürte, wie sie Kopfschmerzen bekam, und ihr war schwindlig. Der Bewegungsmelder erlosch und sekundenlang sah sie gar nichts. Nicht einmal Emils dürre Gestalt vor sich. Als sich ihre Augen an das Dunkel gewöhnt hatten, erkannte sie einen Schemen zwischen den Eschen auf dem Boden, während die Sterne am Himmel mehr und mehr unter einer schweren Wolkendecke verschwanden. Fanny zückte ihr Handy und schaltete die Taschenlampe ein. Der Lichtstrahl traf direkt in Klaus´ Gesicht unter einem Kunsthaarrauschebart. Gebrochene Augen starrten sie blicklos an. Emil war stehen geblieben und Fanny packte ihn am Arm, womit sie ihn erschreckte.

„Meinst du, Klaus ist tot?"

Emil zitterte immer noch. „Schau nur, die Augen!"

„Oh mein Gott! Schau, was du angerichtet hast mit deinem irren Auftritt!"

Emil wirbelte herum, der Helm entglitt ihm und schepperte auf den Boden.
„Ich?! Ich wollte euch als Wotan doch nur die Wilde Jagd vor Augen führen! Aber eurem Weihnachtsmann habe ich nichts getan!"

„Und warum liegt er hier jetzt und ist tot?"

„Vielleicht hat ihn ein Ast erschlagen!"

„Pah! Ich ruf jetzt gleich die Polizei!"

★ 8. DEZEMBER ★

„Nein, lass, den wird morgen schon wer finden!"

„Bist du bescheuert? Ich lass doch keinen Toten eine Nacht lang vor meiner Haustür liegen!"

„Bitte, Fanny, sag keinem, dass ich hier war."

Emils Stimme flehte und er sah Fanny aus aufgerissenen Augen an. Mitleid stieg auf in ihr. Doch dann kam die Wut.

„Vergiss es! Am Ende soll's dann ich gewesen sein, obwohl du in deinem Aufzug da der Grund fürs Chaos warst."

„Aber du hast zugestimmt. Du hast genickt. Sonst hätte ich gar nicht vorbeigeschaut."

„Jetzt reicht's."

Fanny tippte 112 und hob das Handy an ihr Ohr. Emils Hand schoss zu ihrem Arm, doch Fanny war schneller.

„Hallo, mein Name ist Fanny Busch, ich betreibe das Wirtshaus Eschenhain in Sonnleiten, und da liegt ein toter Mann vor der Tür … ja, ganz sicher … Klaus Märtel, er sollte der Weihnachtsmann sein … Bitte? Ja, natürlich warte ich."

Eine irreale Ruhe erfasste Fanny, als ob sie einen Meter neben sich stünde.

„Und du wartest hier mit mir!"

Doch Emil floh zum Wald.

★ 8. DEZEMBER ★

...t, Sekunden später war alles taghell er... .t, Polizisten schwärmten wie Heuschre... ...en aus. Fanny stand Rede und Antwort, während immer mehr Dorfbewohner zum Schauplatz zurückkehrten. Klaus wurde in einem Zinksarg abtransportiert und Fanny musste weinen. Blond, schön und totenblass erschien Ilka und fragte nach dem ermittelnden Kommissar. Sie schob Fanny weg, die zu ihr herkam.

„Ich bin Klaus Märtels Frau", erklärte sie tonlos. „Er wollte unbedingt den Weihnachtsmann geben, vermutlich, weil Frau Busch ihn darum bat. Er hatte ein Verhältnis mit ihr."

„Was?" Fanny schrie das Wort und alle starrten her zu ihr. Zwei kräftige Polizisten waren plötzlich links und rechts von ihr.

„Ja, ich wusste davon", beantwortete Ilka die stumme Frage der Anwesenden, „aber ich habe gehofft, dass Klaus kapiert, dass diese Frau nichts Gutes bringt. Ich habe sogar versucht, mich mit ihr gutzustellen. Und trotzdem ist Klaus jetzt tot."

Ilkas Stimme brach. Sie weinte still, während Fanny fassungslos um Worte rang. Marlies löste sich aus der Menge und kam her. Auch sie weinte, doch ihre Stimme war erstaunlich fest.

„Ich kann bestätigen, was Frau Märtel sagt. Frau Busch hat uns reingelegt. Schon ihr Vater hat meinen Onkel reingelegt und ist mit meiner Tante durchgebrannt. Und jetzt krallt sich Fanny das Wirtshaus. Ich habe meinen Onkel ja gewarnt, aber er lässt sich blenden."

9. DEZEMBER

Ein Raunen ging durch die Menge. Hannes, Marlies' Ehemann und einer von Fannys ersten Stammgästen, sah sie jetzt feindselig an. Er zog seine Frau weg aus ihrer Nähe. Auch Josef Pichl war da. Die Anspannung stand ihm ins Gesicht geschrieben, aber er schwieg.

Nur den Kommissar schien das alles nicht zu beunruhigen. Während er Notizen machte, bat er eine kräftige Polizistin, Fanny ins Wirtshaus zu begleiten. Wie betäubt ließ sich Fanny am Arm nehmen und zurück ins Wirtshaus führen. Dort zündete sie sich sofort eine Zigarette an und rauchte. Die Polizistin stand mit unbewegter Miene vor ihr.

„Wissen Sie", fragte Fanny zwischen zwei Zügen an der Zigarette, „wie sich das hier für mich anfühlt?"

„Okay."

„Mit meiner Mutter."

„Mit wem?" Die Polizistin hatte eine helle Mädchenstimme.

„Darf ich telefonieren?"

Die Polizistin blickte ungerührt über Fanny hinweg und sagte nichts.

Und als die Polizistin einfach schwieg, beantwortete sie die Frage selbst. „Wie in einem bösen Albtraum nur dass ich nicht aufwache und es ist vorbei."

RAUNACHT*MORD*

10

„Fanny! Ganz schlechter Zeitpunkt, ich räuchere grad! Morgen, ja?"

„Mama, stopp!"

Fanny hörte, wie ihre Mutter scharf die Luft einsog.

„Was ist denn jetzt so wichtig?"

„Sag mir, was damals passiert ist. Ich muss es wissen."

Die Mutter schnalzte missbilligend mit der Zunge, doch Fanny redete weiter, ehe ihre Mutter auflegen konnte.

„Hier hat's einen Toten gegeben und jetzt sind alle gegen mich."

„Ha! Ich hab's dir gleich gesagt, die mögen Fremde nicht! Einen Toten, sagst du? Der Josef Pichl etwa? Der ist doch noch gar nicht so alt."

„Nein, der nicht. Aber ich muss wissen, was damals war. Keine Ahnung, was sie sonst mit mir machen. Ich hab' Angst."

Die Polizistin trat von einem Bein aufs andere und bemühte sich um einen desinteressierten Gesichtsausdruck. Fannys Mutter seufzte ins Telefon.

„Erstens, du musst keine Angst haben. Du kannst jederzeit bei mir unterkommen. Zweitens: Dein Vater und ich führten eine offene Beziehung, es war für mich in Ordnung, dass er – du weißt schon. Den Dorfweibern ist das aber sauer aufgestoßen. Für die war ich eine Schlampe.

★ 10. DEZEMBER ★

Und dann war dein Vater so blöd und hat sich mit der Frau von Josef Pichl eingelassen. Als er wenig später mit ihr und dem ganzen Geld abgehauen ist, war ich auf einmal die Komplizin. Damit hatte ich das Dorf endgültig gegen mich. Aber sag mal, wer ist denn gestorben?"

In knappen Sätzen umriss Fanny, was geschehen war. Dabei beobachtete sie durchs Fenster, dass Ilka, Marlies und deren Mann Hannes auf den Kommissar einredeten. Eine Gänsehaut breitete sich über ihren gesamten Körper aus. Sie hörte, wie ihre Mutter sich eine Zigarette anzündete und tief inhalierte, aber nichts mehr sagte. Währenddessen wandte sich der Kommissar draußen Josef Pichl zu. Fanny schluckte trocken. Der Kommissar gestikulierte beim Sprechen.

Josef Pichls Mund war ein dünner Strich. Er schüttelte mehrfach den Kopf. Marlies und ihr Mann Hannes redeten nun auch auf ihn ein. Der Kommissar runzelte die Stirn. Marlies fing wieder zu weinen an. Im Hintergrund barg Ilka ihr Gesicht in den Händen.

Hannes packte Josef an der Schulter und schüttelte ihn leicht. Der riss sich los, blaffte etwas und marschierte zurück zum Dorf. Hannes wollte ihm hinterher, doch der Kommissar hielt ihn zurück und redete einige Momente lang. Dann kam er mit langen Schritten ins Wirtshaus. Die versammelte Menge folgte ihm mit den Augen.

„O Gott, Mama, jetzt holen sie mich", stieß Fanny aus.

★ 10. DEZEMBER ★

RAUNACHT*MORD*

11

„Danke, Sie können uns allein lassen", sagte der Kommissar zur Polizistin, als er den Schankraum betrat.

Fanny registrierte seine warme Stimme mit dem Großstadtakzent. Er hatte ein attraktives Gesicht mit hellen Augen und musterte Fanny. Zu ihrer eigenen Überraschung musste sie kurz beinahe schmunzeln. Unter anderen Umständen wäre sie sicher gewesen, dass sie ihm gefiel. Die Angeln der Hintertür quietschen. Fannys Laune sank gleich wieder, denn die Polizistin bewachte den Hinterausgang. Der Kommissar rieb sich die geröteten Hände und setzte sich zu ihr auf die Ofenbank.

„Ah, schön warm. Draußen wird's richtig kalt."
Ja, dachte Fanny, besonders die Stimmung.
„Also, erzählen Sie mir bitte, was passiert ist."

„Das wissen Sie doch schon."

„Ihre Version bitte."

Also erzählte Fanny von Ilkas Idee mit der Raunachtsfeier, dass irgendwie Klaus zum Weihnachtsmann erkoren wurde und Emil sich als Einziger gegen einen Weihnachtsmann empört hatte. Weswegen er dann auch als Germanengott Wotan in die Feier geplatzt war.

„War der Weihnachtsmann zu diesem Zeitpunkt schon da?"

„Nein, sagte ich doch, wir haben auf ihn gewartet. Er war ja schon zu spät. Stattdessen hat Emil in diesem blöden Kostüm und mit seiner Stinkbombe unsere Feier gesprengt."

„Aber Sie wussten von Emils Auftritt?"

„Nein, natürlich nicht."

„Mehrere Leute sagen, Sie hätten Emil zu diesem Auftritt aufgefordert."

★ 11. DEZEMBER ★

Fanny schüttelte den Kopf. „Das ist gelogen."

„Soso, gelogen." Er fuhr sich mit beiden Händen durchs volle Haar. Fanny sah Manschettenknöpfe aufblitzen und dachte: Spießer. „Wie gut kennen Sie diesen Emil?"

„Gar nicht. Ich habe nur gehört, dass er ein Sonderling ist. Manche hier glauben, dass er irgendwelche Geister verehrt."

Der Kommissar lehnte sich lässig vor, stützte die Ellbogen auf die Knie und sein Kinn auf die Fäuste. „Er ist aktenkundig, weil er unter Verdacht stand, sein Elternhaus angezündet zu haben."

„Oha, ein Brandstifter!" Fanny nahm sich vor, auch die Hintertür zu versperren.

„Was haben Sie gemacht, als alle Leute weg waren?"

„Mich auf die Ofenbank gesetzt. Fenster auf ging nicht. Der Sturm. Glauben Sie mir, das war nicht lustig."

„Mmh, riecht man. Waren Sie allein?"
„Ja, klar. Jetzt hat sich der Gestank im Übrigen schon ziemlich verzogen."
„Ist Ihnen irgendetwas aufgefallen?"
„Nein. Doch. Ich habe auf dem Parkplatz zweimal ein rotes Licht gesehen."

Die Brauen des Kommissars glitten nach oben. „Rotes Licht? Was war das?"

„Weiß nicht. Als ich nachsah, war da keiner."

Der Kommissar sah sie an. Sie senkte den Blick. Irgendwas in ihrem Inneren ließ sie verschweigen, dass Emil noch da gewesen war.

„Verhaften Sie mich jetzt?"
Der Kommissar schüttelte den Kopf. „Aber halten Sie sich zu unserer Verfügung."

★ 11. DEZEMBER ★

Bis zwei Uhr morgens brauchte Fanny, um die Schankstube aufzuräumen und zu putzen. Die Mülltonne neben der Hintertür quoll nun über. Doch die monotone Arbeit hatte Fanny nicht beruhigt. Was war Klaus passiert? Er hatte vollkommen unversehrt ausgesehen. Die Erinnerung an seine Umarmungen überwältigte Fanny. Sie musste schlucken. Wie sie sich schämte. Sie hatte Klaus' Avancen aus Eitelkeit zugelassen. Ilka hatte sie ja sogar dabei überrascht, aber cool reagiert. Doch es musste sie sehr verletzt haben. In ihrer Niedergeschlagenheit sehnte Fanny sich nach Trost. Fast hätte sie nochmals ihre Mutter angerufen. Doch die hatte nach dem abrupten Ende des letzten Anrufs nicht mehr reagiert. Wahrscheinlich wollte sie nach dem Raunachträuchern ihre Ruhe. Dieser Egoismus war nicht neu. Und Fanny hatte ihn wohl geerbt. Sie verstand jetzt Ilkas Anschuldigung und hasste sich dafür.

Sie verstand auch Marlies' Abneigung gegen sie. Allerdings ging ihr das nicht nahe. Sie konnte ja nichts dafür, dass der Onkel nicht an Marlies verpachtet hatte. Trotzdem sollte sie Josef Pichl sagen, wessen Tochter sie war. Und nach dem von ihrem Vater gestohlenen Geld fragen. Dieser Entschluss ließ sie etwas ruhiger werden. Nur war es leider immer noch viel zu früh, um mit Josef zu reden. Kurzentschlossen legte Fanny sich auf die harte Ofenbank. Das sanfte Bollern des Ofens und dessen angenehme Wärme lullten sie ein. Sie träumte, dass Josef Pichl den Pachtvertrag vor ihren Augen zerriss, sich in Marlies verwandelte und sie schubste.

„Fanny! Hey, Fanny! Ich kann dir helfen."

★ 12. DEZEMBER ★

Fanny schlug die Augen auf. Ein Gesicht mit Segelohren schwebte über ihr. Sie fuhr hoch, Emil wich zurück.

„Da, schau, ich hab' was, das dir helfen kann."

Er wedelte mit einem Schriftstück vor Fannys Gesicht.

„Wie bist du reingekommen?"

„Durch die Hintertür. Du sperrst nie ab."

„Hausfriedensbruch nennt man das!"

„Interessiert dich nicht, warum Klaus tot ist? Er wurde nämlich vergiftet."

„Ach, und du weißt das? Komm, hau einfach ab! Mir reicht's so schon!"

In Emils Gesicht zuckte es. Er öffnete die Ofentür, schob das Papier hinein, zögerte kurz, rupfte es wieder heraus und stapfte durch die Hintertür nach draußen.

Die Kirchturmuhr im Dorf schlug sechs. Entschlossen trat Fanny vors Wirtshaus. Es war so neblig, dass sie fast nichts sah. Trotzdem tastete sie sich bis ins Dorf und zu Josef Pichls Haus. Hinter einem Fenster schimmerte Licht.

★ 12. DEZEMBER ★

RAUNACHT*MORD*

13

Zeitgleich während Fannys Fingerknöchel an Josefs erleuchtetes Fenster klopfte, drückte eine behandschuhte Hand die Klinke der Wirtshaushintertür nach unten. Doch Fanny hatte abgeschlossen.

„Shit!", zischte eine Flüsterstimme, die aus einer Kapuze kam.
„Vielleicht ist vorne offen", flüsterte eine zweite Stimme.
„Wohl kaum. So blöd wird sie nicht sein."
„Ich probier's."

Zwei nahezu unsichtbare Gestalten huschten durch die nebelige Dunkelheit. Trotzdem blieben sie nicht unbemerkt. Denn eine dritte lauerte hinter den Eschen. Deren Finger spielten nervös mit einem Feuerzeug, als sie Zeuge wurde, dass Fanny die vordere Wirtshaustür tatsächlich nicht abgesperrt hatte.
Im Dorf musste Fanny nochmals klopfen, ehe Josef die Haustür öffnete.

„Hab's mir gleich gedacht, dass du zu mir kommst", sagte er statt einer Begrüßung. Durch die offene Haustür drang der Duft von Kaffee, Holzfeuer und altem Haus.
„Darf ich reinkommen?"
Josef trat zur Seite und wies mit dem Kinn zur offenen Küchentür. Auch dieses Haus hatte einen Hausgang samt Hintertür. Ein alter Bauernschrank diente als Garderobe. An der Hintertür standen schwere Schuhe. Die Küche selbst schien dem Landhauskatalog entsprungen, nur ungeputzt und noch nicht aufgepeppt. Fanny ließ sich vorsichtig auf der Eckbank nieder.
„Kaffee?"
„Gern."
Josef stellte den Kaffee in einer angeschlagenen Tasse schwarz vor sie hin und begann aus seiner riesigen Tasse zu schlürfen. Fanny probierte und war überrascht, dass das schwarze Gebräu so gut schmeckte.

★ 13. DEZEMBER ★

„Gut, gell?"
„Sehr. Woher wusstest du, dass ich kommen würde?"
„Weil du mir was sagen willst."

Fanny verbrannte sich die Zunge, schluckte. „Ja. Ich bin Xavers Tochter. Aber ich hab' keinen Kontakt zu ihm!"

„Ich weiß. Bin ja nicht auf den Kopf gefallen. Nur meine Schwester meint das. Weißt du auch, was mit meiner Frau passiert ist?"
„Ja, die ist mit meinem Vater durchgebrannt. Und hat wohl dein Geld mitgenommen."
„Stimmt. Aber es hat ihnen nichts gebracht."
„Wie meinst du das? Hast du dir das Geld zurückgeholt?"
„Nein, dein Vater hat's verbraten. Aber Christa hatte einen tödlichen Unfall, für den dein Vater geradestehen musste."

„Meine Güte! Was ist denn da passiert?"

„Genau weiß ich's nicht. Interessiert mich auch nicht."

„Und deswegen nehmen mich die Leute hier in Sippenhaft?"

„Tja. Nix Gutes nicht hat deine Rückkehr uns gebracht."

„Was meinst du?"

„Na ja. Der Klaus ist tot."

An der Hintertür klopfte es energisch.

„Wer zum Teufel …? Warte, bin gleich zurück."

★ 13. DEZEMBER ★

Fanny wartete und trank schlückchenweise ihren Kaffee. Dabei sah sie sich um. Eine Einbauküche, wohl aus den 1980ern, aus schwerem Holz samt Herd mit uralten schwarzen Kochplatten. Freistehend ein Holzherd, in dem ein behagliches Feuer knisterte. Und eine schöne Kredenz, die sicher hundert Jahre alt war. Auch der Bauerntisch, an dem Fanny saß, würde jeden Antiquitätensammler entzücken. Dennoch, alles irgendwie nüchtern und ein bisschen einsam wirkend. Keine Dekoration, nur Zweckdienliches. Die Kirchturmuhr schlug dreiviertel sieben. Wo blieb Josef? Fanny hatte ihn die Tür öffnen hören, dann nichts mehr.

Sein Smartphone auf dem Küchentisch begann zu summen und erschreckte sie. Marlies leuchtete auf, während sich das Telefon auf der blanken Tischplatte um die eigene Achse drehte. Fanny kniff die Lippen zusammen. Sollte sie Josef holen? Das Telefon verstummte, nur um wenige Sekunden später erneut loszusummen. Es musste wohl wichtig sein. Mit einem Seufzer erhob sich Fanny, ging durch den Flur zu Hintertür und machte diese auf. Es roch ein wenig modrig. Fanny trat hinaus. Es blieb dunkel. Sie wedelte mit den Armen, aber kein Bewegungsmelder reagierte. Ein mulmiges Gefühl stieg in ihr auf. Hier stimmte was nicht. Sollte Josef ihr eine Falle gestellt haben?

Aus dem Dunklen drang ein seltsames Geräusch und machte ihr Angst. Sie schlug die Tür zu und suchte im Dämmerlicht des Flurs nach einem Lichtschalter, fand stattdessen eine große Taschenlampe. In der Küche summte Josefs Handy nun zum dritten Mal. Und dann klingelte auch ihr Smartphone in der Jackentasche. Mit zitternden Fingern zog sie es hervor. „Mama" leuchtete auf dem Display. Sie drückte den Anruf weg, doch ihre Mutter rief wieder an. Kurzerhand schaltete Fanny das Telefon aus, stieß die Hintertür auf und leuchtete in den Hof. Nebelschwaden reflektierten das Licht, doch sie sah die Unordnung dort.

Mehrere Tonnen, stehend oder liegend, eine Schubkarre, ein Lastanhänger, eine Kreissäge oder so was. Dreck. Nur das Brennholz war ordentlich vor einem Schuppen aufgerichtet. Von dort hörte sie etwas und leuchtete hin. Sie schrie erschrocken auf.

★ 14. DEZEMBER ★

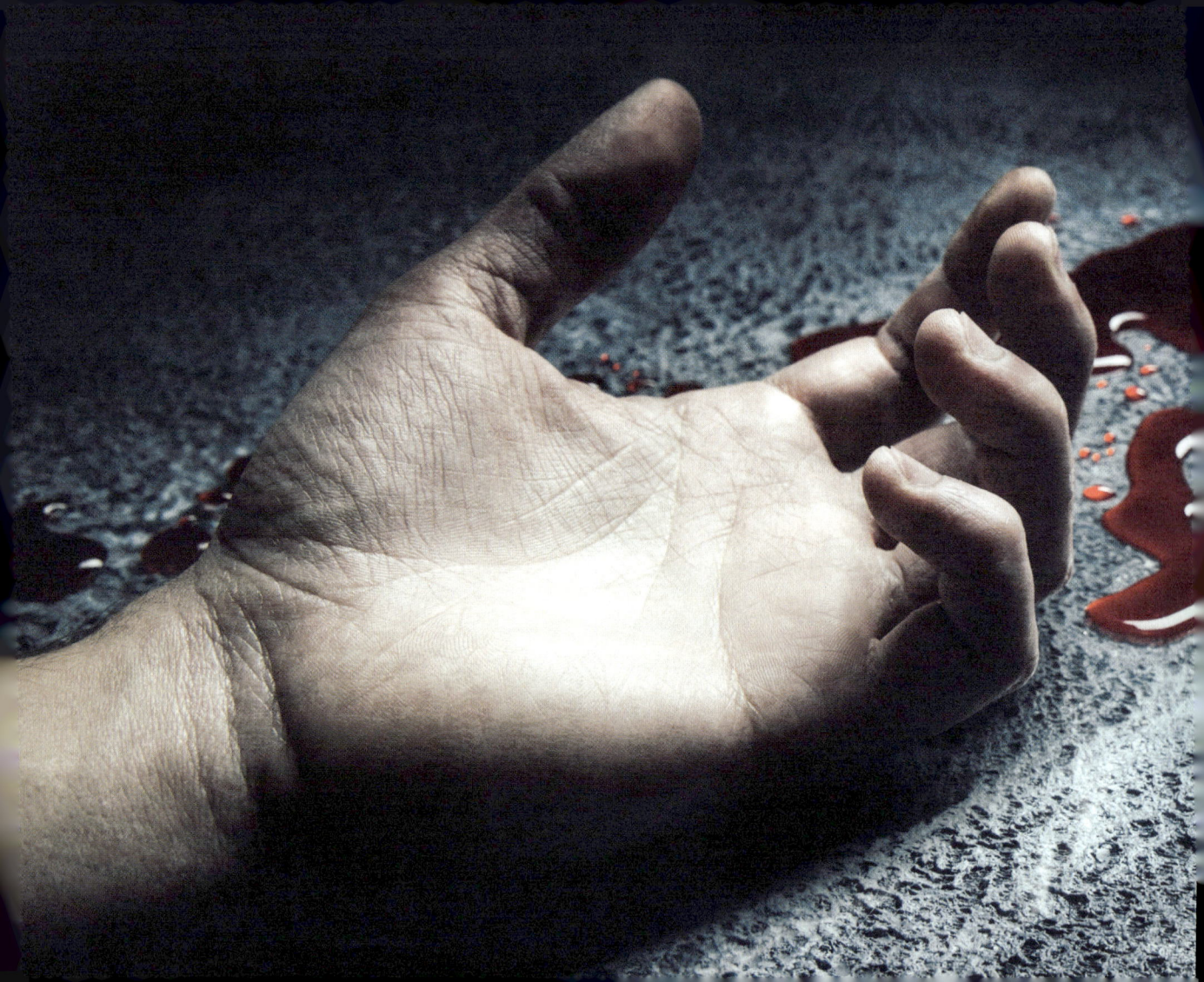

RAUNACHT*MORD*

15

In der offenen Schuppentür lag jemand mit dem Gesicht nach unten auf dem Boden. Über dem Rücken schwebte etwas langes Dünnes, wie ein Strich. Wieder vernahm Fanny diesen klagenden Laut, der aber tief aus dem Schuppen kam. Fanny begann unkontrolliert zu zittern. Zum Klagelaut gesellte sich ein schabendes Geräusch. Tür zu, weg hier und zurück zum Wirtshaus? Doch zwischen Josefs Haus und Fannys Heim lagen Nacht und Nebel. Adrenalin schoss ihr ins Blut. Sie packte die Taschenlampe fester und trat mit angespannten Muskeln in den Hinterhof.

„Wer ist da?", donnerte sie, ohne dass ihre Stimme zitterte.

„Hilfe", drang es dumpf aus dem Schuppen.

Es rumpelte und war dann still. Zögernd setzte Fanny einen Fuß vor den anderen, alle Sinne wach und bereit, mit der Taschenlampe zuzuschlagen. Nebeltröpfchen tanzten im Lichtstrahl und legten sich auf ihr Gesicht. Wasser tropfte rhythmisch auf etwas Blechernes. Der Nebel drückte den Rauch aus dem Kamin in den Hof. Fanny atmete flach. Hinter ihr knisterte etwas. Sie fuhr herum und erhellte die Hauswand. Ein Fenster warf den Lichtstrahl zurück. Fanny blinzelte geblendet.

„Hilf mir, ich kann nicht aufstehen!", drang es aus dem Schuppen.

Fanny wirbelte herum. Der Lichtstrahl traf die Gestalt am Boden. Sie erkannte Josef Pichl. Tief in seinem Rücken steckte ein Sensenblatt. Der Stiel schwebte ein Stück darüber parallel zum totenstillen Körper. Fanny fiel neben Josef auf die Knie, rüttelte ihn an der Schulter und leuchtete in sein Gesicht. Seine Augen waren offen. Aus dem Mundwinkel war ein dünnes Rinnsal Blut gelaufen.

★ 15. DEZEMBER ★

„Oh mein Gott!"

Fanny war heiß und kalt, tausend Gedanken schrien in ihrem Kopf durcheinander. Am lautesten schallte das Wörtchen tot.

„Fanny, bitte, hilf mir!"

Sie erkannte Emils Stimme. Er war ihr gefolgt! Josef musste ihn gestellt haben, doch nun lag er tot am Boden. So wie Klaus als Weihnachtsmann. Jetzt roch Fanny auch Benzin. Sie leuchtete in den Schuppen. Emil lag unter einer umgefallenen Leiter eingeklemmt und kam nicht hoch. Er blutete aus einer Wunde am Kopf.

„Du Mörder", schrie ihn Fanny an und blendete ihn mit dem Licht. „Du Brandstifter!"

„Fanny! Ich war das nicht! Hilf mir! Wir müssen weg, hier stinkt's nach Benzin."

„Du bleibst, wo du bist!"

„Fanny, nein!"

Hektisch zog Fanny ihr Handy hervor, musste es neu starten und konnte sich nicht an die PIN erinnern. In dem Moment wurde es taghell.

★ 15. DEZEMBER ★

RAUNACHT*MORD*

16

Marlies stand in der Hintertür von Josefs Haus. Sie hatte das Hoflicht eingeschaltet. Fassungslos starrte sie auf die Szenerie.

„Oh nein! Onkel Josef!"

Augenblicklich kam Bewegung in sie. Sie knallte die Tür zu. Zugleich ächzte Emil unter der Leiter. Fanny stieg über Josef und wollte zum Haus gehen, als Marlies die Tür wieder aufriss. Sie hielt eine doppelläufige Flinte im Anschlag.

„Du elendes Miststück! Bleib, wo du bist, oder ich knall dich ab!"

Fanny hob beide Hände. Die Taschenlampe leuchtete nutzlos in den Nebelhimmel.

„Marlies! Ich war's nicht! Emil hat's getan!"

Hinter Marlies tauchte ihr Mann Hannes auf, das Gesicht zu einer grimmigen Grimasse verzogen.

„Jetzt haben wir sie! Ich ruf' die Polizei."

Wenig später tummelten sich zahlreiche Polizisten in Josefs Hinterhof und Haus. Er selbst war in einem Zinksarg abtransportiert worden. Den blutenden Emil hatten zwei bewaffnete Polizisten zu einem Krankenwagen geleitet.

Fanny saß mit dem Kommissar in Josefs Küche. Ihr war schlecht. Der Kommissar wirkte jetzt nicht wie aus dem Ei gepellt, sondern wie aus dem Schlaf gerissen. Er trug Jeans, Rollkragenpulli und war unrasiert. Er sah sie bekümmert an. Sie hatte wieder den Eindruck, dass sie ihm gefiel.

„Was haben Sie um diese Uhrzeit bei Josef Pichl gemacht?"

Fanny erzählte. Der Kommissar runzelte die Stirn.

★ 16. DEZEMBER ★

„Marlies' Mann sagt aus, dass Josef Ihren Vertrag kündigen wollte wegen der Sache mit Ihrem Vater."

„Was? Da hätte Josef doch zu mir was sagen müssen. Hat er aber nicht."

Schwer zu sagen, ob ihr der Kommissar glaubte oder nicht. Er fuhr sich mit beiden Händen durch die Haare.

„Warum haben Sie Ihr Handy ausgeschaltet?"

„Weil meine Mutter mich angerufen hat."

Jetzt glaubte er ihr nicht. „Frau Busch, wir können überprüfen, wann und wo Ihr Handy eingeloggt war und welche Kommunikationen es gab. Hier verbindet ein anderer Funkmast als in Ihrer Gaststätte."

„Aber ich lüge nicht!"

Er seufzte. „Frau Märtel sagt, ihr Mann habe die Affäre bereut. Er habe sich von Ihnen trennen wollen."

„Wir hatten nix miteinander! Wieso lügt sie? Wir haben uns gut verstanden. Sie war begeistert von der Idee des Wirtshauses. Wir haben sogar einen Showroom für ihre Schmuckstücke geplant!"

Jetzt sah der Kommissar sie direkt an. „Oh. Haben Sie was Schriftliches?"

„Nein. Wir haben nur darüber gesprochen."

Die Schultern des Kommissars sackten nach unten. Sein Handy schrillte.

★ 16. DEZEMBER ★

Fanny versuchte, im Gesicht des Kommissars zu lesen, während dieser der Stimme aus dem Telefon lauschte. Sein Gesicht blieb unbewegt, aber sein linkes Bein wippte auf und ab. Als er das Gespräch beendet hatte, schwieg er und blickte durchs Fenster in die nebelige Morgendämmerung. Die Kirchturmuhr schlug acht.

„Frau Busch, wissen Sie, woran Klaus Märtel gestorben ist?"

„Nein", antwortete Fanny wie aus der Pistole geschossen. Doch dann erinnerte sie sich an Emils Bemerkung.

„Was ist eigentlich mit Emil? Ich habe im Schuppen Benzin gerochen. Und er mochte Klaus nicht."

Der Kommissar hob die Schultern. „Ich kann Ihnen dazu keine Auskunft geben."

„Emil hat mir gegenüber so getan, als wüsste er einiges über Klaus' Tod. Er hat gesagt, Klaus ist vergiftet worden."

„Hat er das?" Der Kommissar sah Fanny mit zwei Falten zwischen den Brauen an. „Klaus Märtel ist tatsächlich vergiftet worden."

„Ach! Täterwissen also!" Sie war erleichtert und gleichzeitig enttäuscht.

„Wie man's nimmt. Wir haben Gift gefunden. Zyankali."

„Dann ist ja alles klar! Aber wieso das Benzin im Schuppen?"

„Wissen wir noch nicht. Das Gift hat die Spurensicherung im Übrigen in Ihrem Wirtshaus gefunden, Frau Busch."

★ 17. DEZEMBER ★

Fannys Mund klappte auf und wieder zu. „Ich hab' Klaus nicht vergiftet."

Der Kommissar schwieg.

„Verhaften Sie mich jetzt?"

„Nein. Ich sehe keine Verdunklungs- oder Fluchtgefahr."

Erst war Fanny erleichtert gewesen, dass der Kommissar scheinbar so großzügig war. Als sie sich im Dorfladen eine Brezel zum Frühstück kaufen wollte, erkannte sie jedoch, wie grausam seine Entscheidung war. Sie betrat das Geschäft und fand sich einer Phalanx aus Marlies, Ilka, der Krämersfrau und zwei, drei der jungen Mütter gegenüber. Alle verstummten und starrten sie an. Fanny starrte zurück und fühlte sich wie das Kaninchen vor der Schlange. Marlies hatte verheulte Augen, Ilka sah engelsgleich schön und totenbleich aus, das Gesicht der Krämersfrau war gerötet. Die Mütter blickten finster. Fanny fasste sich ein Herz und grüßte. Die Frauen schwiegen eisig. Die Krämersfrau wurde noch röter und verschränkte ihre Arme vor dem gewaltigen Busen.

„Mörder haben hier nichts verloren", schnarrte sie und wies mit ihrem Kinn zur Tür. „Raus!"

„Aber ich bin keine Mörderin!"

Fanny spürte, wie ihr Tränen in die Augen stiegen. Eine der Mütter tat, als spuckte sie ihr vor die Füße. Über Ilkas Wange lief eine Träne. Da drehte sich Fanny um und floh.

★ 17. DEZEMBER ★

Fanny saß an einem der Tische in ihrer kalten Gaststube und wärmte sich die Hände an einer Tasse Tee. Einen Teller mit zwei Plätzchen hatte sie sich auch mitgebracht. Die sahen verloren darauf aus. In ein paar Tagen war Weihnachten. So schön hatte sie sich das vorgestellt. Besonders, nachdem die Raunachtsfeier vielversprechend angelaufen war. Ilka hatte an dem Abend durchklingen lassen, dass sie gemeinsam Weihnachten feiern und die erste Schmuckausstellung planen wollte. Obwohl sie wusste, wie gern Klaus im Wirtshaus abhing. Oder vielleicht gerade deswegen? Fanny ballte die Fäuste. Hätte sie ihn heimschicken müssen, wenn er nach der Sperrstunde geblieben war?

Und warum hatte Marlies sie gleich zu Anfang als zurückgekehrtes Übel tituliert? Verband Marlies irgendwas mit Fannys Vater? Oder war es reiner Neid? Was hatte Fanny da übersehen? Ein dumpfer Kopfschmerz kündigte sich an. Sie fluchte leise.

Jemand klopfte an eins der Fenster und erschreckte sie. Sie schlurfte zur Tür, öffnete. Zwei Autos mit auswärtigen Kennzeichen standen auf dem Parkplatz, fünf Personen vor der Tür. Ehe jemand von ihnen etwas sagen konnte, knurrte Fanny „Heut ist Ruhetag" und schloss die Tür. Zum Teufel mit irgendwelchen Gästen. Ihre Mutter hatte recht. Das Dorf mochte keine Fremden.

Just in dem Moment rief ihre Mutter an.

„Sag mal, was soll das? Erst machst du die Panikwelle, aber wenn ich dir helfen will, bist du plötzlich unerreichbar."

Fanny seufzte. So war sie. Einen erst abwimmeln und dann das eigene schlechte Gewissen in einen Vorwurf packen.

„Tut mir leid, Mama."

„Ich habe die Wohnung geräuchert, als du anriefst."

„Ich weiß. Da darf es keine Störwellen geben."

„Ganz genau. Also, wer kommt dich holen?"

„War nur so dahergesagt. Aber du hattest recht. Das Wirtshaus ist gefloppt."

„Oh? Ach, mach dir nichts draus!" Ihre Mutter klang fröhlich. „Du kannst jederzeit bei mir unterschlüpfen, bis du was Gescheites gefunden hast."

Fanny legte auf. Die Gaststube war wirklich kalt. Höchste Zeit, endlich den Ofen anzuheizen.

„Hallo", sagte Emil. Er stand wie aus dem Boden gewachsen in der Tür zum Hausflur, ein großes Pflaster an der Schläfe.

„Verdammt noch mal, du schon wieder! Wie bist du jetzt reingekommen? Ich hab' alles zugesperrt."

Emils Gesicht zuckte. „Ich habe den zweiten Schlüssel mitgenommen." Er hob abwehrend die Hände. „Und jetzt reg' dich nicht gleich wieder auf. Ich kann dir helfen. Wirklich!"

★ 18. DEZEMBER ★

RAUNACHT*MORD*

19

„Du willst mir helfen können? Ich glaube, du musst erst einmal dir selber helfen."

Wieder zuckte es in Emils Gesicht. „Gut, dass du keine Vorurteile hast!"

Er klang sarkastisch. Fanny wurde zornig.

„Was soll ich bitte schön von jemandem denken, der sein Elternhaus abfackelt, als Germanengott verkleidet meine Feier mit einer Stinkbombe sprengt, meinen Schlüssel klaut und jedes Mal bei den Ermordeten auftaucht?"

Emils Augen blitzten. „Jetzt hörst du mir mal zu!"
Fanny verschränkte die Arme. „Gerne."

„Erstens: Das Feuer war ein Unfall, zeitgleich mit dem Tod meines Vaters."
„So? Aber du bist aktenkundig bei der Polizei."
Emils Blick flackerte. „Mir ging es schlecht. Mama war kurz vor Vaters Tod gestorben."
Fanny schob die Hände in die hinteren Hosentaschen. „Tut mir leid."

„Zweitens: Raunächte tragen Botschaften aus der Anderwelt. Deren Überbringer ist die Wilde Jagd. Und die kann grob sein."
Fannys Brauen ruckten hoch. „Du meinst, die stinkt?"

Emil ignorierte ihren Einwurf. „Drittens: Man hält sie mit Räuchern fern."
Fanny schnaubte.

„Oh doch, so ist das! Und Klaus war kein Guter, glaub mir bloß. Der war ein Schürzenjäger."
„Schürzenjäger?"
„Oh ja. Er und Marlies hatten was miteinander. Das Wirtshaus war der geheime Treffpunkt."
„Du hast ihnen nachspioniert!"

★ 19. DEZEMBER ★

„Nein. Ich habe sie zufällig gesehen. Aber glaub, was du willst."

Fanny sog die Unterlippe zwischen ihre Zähne. „Meinst du, sie hat …"

„… Klaus vergiftet?" Er schüttelte den Kopf. „Zyankali kann man nicht im Dorfladen kaufen."

Fannys Augen wurden schmal. „Woher weißt du eigentlich, dass Klaus mit Zyankali vergiftet wurde?"

„Ich hab's gerochen. Bittermandel."

„Ach. Für mich hat's nur nach seinem Eau de Toilette gestunken."

„Bittermandel können nur wenige Menschen riechen."

„Aber du schon. Interessant. Vielleicht weißt du ja auch, wieso die Polizei das Gift hier im Wirtshaus gefunden hat."

Fanny wich ein paar Schritte zurück. Emil sah ehrlich überrascht aus.

„Hier? Jetzt verstehe ich."

Fanny schob sich vorsichtig zur Tür.

„Warte. Es war so: Nachdem du mich heut in der Früh rausgeschmissen hast, bin ich nicht zurück nach Hause. Ich bin hiergeblieben."

„Wieso?"

„Warte doch. Ich habe gesehen, dass zwei Personen ins Wirtshaus hinein sind. Diesmal war vorn nicht abgeschlossen. Dann bin ich dir nach, zu Josef. Um euch zu warnen."

„Na klar. Drum warst du auch blutig bei Josefs Leiche. Gib zu, dass du ihn mit der Sense erstochen hast."

„Ich bin doch kein Mörder! Da, schau her!"
Er reichte ihr ein angekokeltes Schreiben. Fannys Augen wurden groß.

★ 19. DEZEMBER ★

„Das ist die Kündigung von Klaus' Bankkonto! Mann, Klaus war ja hoch verschuldet!" Fanny ließ sich auf die Ofenbank sinken. Sie fror. „Warum hast du mir das nicht gleich gegeben?"

„Wollte ich ja. Aber du ..."

Fanny blickte auf. „Meinst du, die Polizei hat das schon rausgefunden? Vielleicht hat er sich selber ... du weißt schon."

„Mit Zyankali? Ich weiß nicht."

„Wer hätte denn ein Motiv, Klaus umzubringen? Lass uns die Möglichkeiten mal durchgehen."

„Niemand weiß was."

„Shit! Dann weiß der Kommissar das gar nicht! Ich ruf ihn an."

„Warte doch! Also, theoretisch hätte Marlies ein Motiv, weil Klaus Schluss gemacht hat. Aus Wut und möglicherweise Angst vor Hannes. Der kann ganz schön heftig werden."

„Du bist mir unheimlich! Spionierst du jedem nach und gehst in deren Häuser? Bist du so an den Brief gekommen?"

„Ich bin die Poststelle der Bankfiliale und habe den Brief abgefangen. Für dich."

„Für mich?"

„Damit dir die Augen aufgehen bei Klaus."

Fanny blies die Backen auf. „Dann hätte auch Hannes ein Motiv, wenn er dahintergekommen ist. In so einem kleinen Dorf ist das sehr gut möglich."

„Oder Ilka. Immerhin war sie mit Klaus verheiratet, und wenn der so hoch verschuldet ist, hat sie auch Probleme."

„Stimmt. Und wenn sie dazu noch von der Affäre erfahren hat?"

„Aber auch sie kann nicht einfach so das Gift kaufen."

„Stimmt. Und wieso musste Josef sterben?"

„Er muss vom Mord an Klaus gewusst haben. Zeugenbeseitigung."

Fanny knetete ihre Hände. „Ich glaube, ich mache mal Feuer."

Emil half ihr. Fanny blickte in die züngelnden Flammen.

„Ich verstehe dabei nur nicht, warum Marlies so einen Hass auf mich hat."

„Ach komm! So wie du mit Klaus geflirtet hast."

Fanny spürte, wie sie rot wurde. „Schon interessant, was du alles von den Leuten hier weißt."

„Ich weiß auch, was sie von mir denken. Jedes Dorf hat seinen Deppen. Keiner traut mir etwas zu. Keiner nimmt mich wahr. Aber ich bin kein Depp."

Emil verzog sein langes Gesicht. Dabei zuckten seine großen Ohren. Obwohl das witzig aussah, tat sein Anblick Fanny weh.

„Ist nicht leicht, der Außenseiter zu sein", sagte sie leise. „Warum hast du denn an dem einen Abend so abweisend reagiert, obwohl ich doch freundlich zu dir war?"

Emils Mundwinkel rutschten nach unten. „Mitleid kann sich jeder sonst wohin stecken."

Fanny knetete weiter ihre Hände. Emil starrte ins Leere. Ein Geräusch ließ sie aufhorchen. Es kam von der Hintertür.

„In der Küche habe ich gute Messer!", flüsterte Fanny.

★ 20. DEZEMBER ★

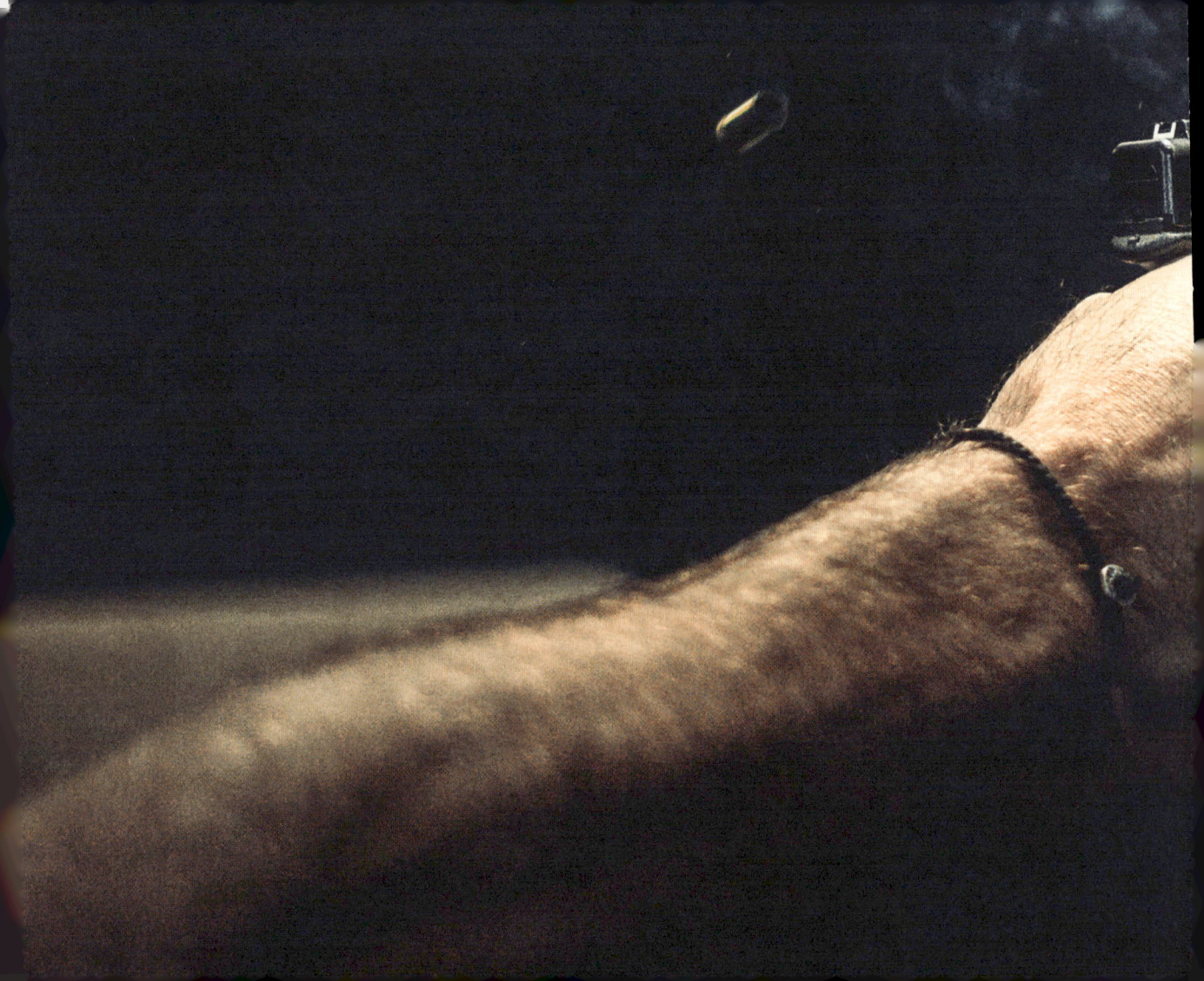

RAUNACHT*MORD*

21

Sie kam nicht bis zur Küche. Hannes, Marlies Mann, versperrte ihr den Weg. Er war ein großer, kräftiger Kerl mit dunklen Locken und Dreitagebart.

„Du!", entfuhr es Fanny.

„Du", äffte er sie nach. „Ja, ich. Einer muss der Mörderin ja das Handwerk legen. Wenn schon die Polizei dich laufen lässt."

Fannys Herz hämmerte. Sie drehte sich nach Emil um, doch der war weg. Er musste ins Nebenzimmer gehuscht sein.

„Du kommst hier nicht raus, bevor du nicht ein Geständnis abgelegt hast, Fanny Busch." Hannes kam näher, sah das Schreiben und nahm es. „Ach, schau her, da haben wir das Motiv. Klaus brauchte dringendst Geld und hat dich beklaut. Dann hat er dich auch noch sitzen lassen. Da hast du dich gerächt!"

„Lächerlich! Wie soll ich Klaus denn umgebracht haben?"

„Das wird du mir dann schon sagen. Und wenn nicht, ist auch egal."

„Und wieso sollte ich dann auch noch den Josef mit der Sense erstochen haben?"

„Vielleicht wegen deiner Vorliebe für Raunachtgeister?" Hannes lachte humorlos. „Du weißt genau, warum."

„So ein Blödsinn, Josef wollte mir nicht kündigen. Selbst wenn, da bringt man doch keinen um!"

„Du schon. Dein Vater hat ja auch Josefs Frau auf dem Gewissen."

„Er hat sie umgebracht?"

★ 21. DEZEMBER ★

„Klar. Er sitzt ja noch immer wegen Trunkenheit am Steuer."

„Jetzt reicht's mir." Fanny zog ihr Smartphone hervor. „Ich rufe die Polizei."

„Ganz langsam. Erst schreibst du dein Geständnis auf."

Erschrocken sog Fanny die Luft ein. Hannes hielt eine Pistole auf sie gerichtet.

„Schreib! Ich, Fanny Busch, gestehe, dass ich Klaus Märtel aus Rache getötet habe. Mein Verpächter, Josef Pichl, hat mich dabei überrascht und wollte meinen Pachtvertrag kündigen. Auch ihn habe ich getötet. Mit dieser Schuld kann ich nicht mehr leben."

Fanny brach kalter Schweiß aus. „Du spinnst doch! Damit kommst du nicht durch! Die von der Polizei sind nicht blöd!"

„Schreib!"

„Du bist irre! Willst du mich jetzt erschießen?"

„Falsch. Du wirst dich selbst erschießen."

„Woher hätte ich denn die Waffe, du Idiot?"

„Halt's Maul und schreib endlich!", brüllte Hannes plötzlich und fuchtelte mit der Pistole. Mit ohrenbetäubendem Knall löste sich ein Schuss. Fanny kippte um.

21. DEZEMBER

RAUNACHT*MORD*

22

Dunkelheit. Stimmengewirr. Etwas klirrte. Schnelle Schritte vieler Füße. Eine Frauenstimme schluchzte. Ein Lufthauch. Steinharter Druck gegen die Wange. Fremde Finger im Haar. Jetzt tätschelten sie die Wange. Fanny schlug die Augen auf und blickte direkt in ein attraktives Gesicht mit hellen Augen.

„Da sind Sie ja wieder", sagte die warme dunkle Stimme des Kommissars. „Können Sie aufstehen?"

Fanny bewegte probeweise ihre Arme und Beine. Sie funktionierten. „Ich glaube schon", murmelte sie und ließ sich aufhelfen.

Er setzte sie auf die Ofenbank, die angenehme Wärme abstrahlte. Fanny blickte um sich. Hannes saß mit gesenktem Kopf auf einem Stuhl, die Hände hinter dem Rücken in Handschellen. Marlies weinte an der Schulter der Krämersfrau, die aus den Augenwinkeln zu Fanny linste.

★ 22. DEZEMBER ★

An der Tür zum Nebenzimmer stand Emil, den niemand beachtete.

Der Kommissar beugte sich zu ihr. „Ich habe einen Notarzt rufen lassen. Er wird gleich da sein."

„Aber mir geht's doch gut. Auf wen hat Hannes denn geschossen?" Fannys Blick wanderte zu Emil, der zwar blass war, aber unversehrt schien.

„Auf niemanden. Ein Schuss hat sich aus seiner Waffe gelöst, als wir eingegriffen haben. Zum Glück steckt die Kugel irgendwo in der Wandvertäfelung."

Fanny verdaute die Nachricht, schüttelte dann den Kopf. „Dass jemand einfach einen Menschen vergiftet, nur weil ihn seine Frau betrügt." Sie sah den Kommissar an. „Woher hatte er das Gift? Im Darknet bestellt?"

„Hannes Hafner hat Klaus Märtel nicht getötet. Herr Märtel hat sich die tödliche Dosis Zyankali selbst zugeführt."

„Was? Er hat sich doch selber umgebracht? Ausgerechnet vor seinem Auftritt als Weihnachtsmann?" Fassungslos schüttelte Fanny den Kopf.

Der Kommissar räusperte sich. „Er hat sich zwar selber vergiftet, aber nicht mit Absicht. Es war tatsächlich ein minutiös geplanter Mord."
Ein heftiger Weinkrampf beutelte Marlies an der Schulter der Krämersfrau. Fanny hob den Blick zum Kommissar, der die Lippen aufeinandergepresst hatte.

„Hat sie Klaus umgebracht?"

„Nein."

Fannys Blick glitt über die Anwesenden. Ilka Märtel fehlte.

★ 22. DEZEMBER ★

Ilka saß kerzengerade in einem kargen Raum an einem Tisch. Vor ihr stand ein Mikrofon. Der Kommissar und eine Kollegin saßen ihr gegenüber.

„Frau Märtel, haben Sie Ihren Ehemann Klaus mit Zyankali vergiftet?"

Ilka fixierte die Wand. „Nein."

„Haben Sie das Gift besorgt?"

„Ich kaufe regelmäßig und ganz legal Cyanid. Es dient zur professionellen Reinigung von Schmuck."

„Sind Sie geübt im Umgang damit?"
„Sicher. Das gehört zu meinem Beruf."
„Kaufen Sie immer in derselben Apotheke?"
„Ich kaufe immer zum besten Preis."
„Wo bewahren Sie das Gift auf?"
„Im Safe natürlich."
„Hat Ihr Mann Zugriff darauf?"
„Nein."

„Können Sie uns erklären, wie das hochwirksame Gift in das Eau de Toilette Ihres Mannes gekommen ist, mit dem er sich, wie Sie genau wussten, stets äußerst großzügig einsprühte?"

„Natürlich nicht. Und sein Sprühverhalten war mir unbekannt." Ilkas Stimme klang gereizt.

„Scheinbar schlau eingefädelt. Kaum jemand weiß, dass Schmuck mit Cyanid gereinigt wird. Die Idee mit dem Parfüm und der Selbstvergiftung war auch originell. Erst haben Sie das Gerücht einer Affäre zwischen Ihrem Mann und Frau Busch gestreut. Um die Parfümpackung im Wirtshaus zu erklären. Und damit jeden Verdacht von Ihnen abzulenken. Hätte klappen können. Leider haben Sie die Polizei für dümmer gehalten, als sie ist. Und Sie haben nicht an Ihren Ehevertrag und die Schuldenklausel gedacht. Wir haben genau da nachgeforscht. Sie haben sich mächtig überschätzt, Frau Märtel."

★ 23. DEZEMBER ★

Ilkas eisiger Blick traf den Kommissar. „Ich habe keine Fehler gemacht. Sondern Hannes. Er ist zu mir gekrochen gekommen und hat gejammert, dass mein Mann ihm seine Frau ausspannt. Dass ich etwas dagegen tun soll. Als ich was getan und Hannes darüber informiert habe, hat ihm das aber auch nicht gepasst. Ärgerlicherweise ist Klaus früher krepiert, als das bei seiner Statur zu erwarten gewesen wäre. Er hätte eigentlich bei seinem Auftritt umfallen sollen. Deswegen habe ich Hannes gesagt, dass er Klaus' Leiche vor dem Wirtshaus platzieren muss. Aber da ist er hysterisch geworden, diese Memme! Ich musste den toten Klaus vors Wirtshaus schleifen! Dabei muss mich dieser dumme Emil gesehen haben. Und hat dann rumspioniert. Mir blieb keine Wahl. Ich lasse mir doch mein Leben nicht verbauen. Aber wieder hat dieser elende Hannes versagt! Er sollte den Trottel mit den Riesenohren in die Falle locken und erschlagen. Es hätte wie Notwehr ausgesehen. Aber nein, Hannes lässt den Dorfidioten erst entkommen und verwechselt ihn dann auch noch mit Marlies' altem Onkel. Und dabei lässt er sich von der eigenen Frau erwischen!"

Ilkas Wangen glühten nun. Ihre Augen glänzten fiebrig.
„Sie müssen Ihren Mann sehr gehasst haben."
„Pff!", machte Ilka. „Der war nicht einmal Hass wert. Ein Parasit, von dem ich mich befreien musste."
„Und jetzt, Frau Märtel? Sie haben sich damit Ihr Leben gründlich verbaut."
„Halten Sie doch Ihren Mund! Sie wissen gar nichts!"

Der Kommissar sah seine Kollegin an. „Ich habe genug. Gehen wir."

Ilka sah den beiden Polizisten nicht hinterher.

★ 23. DEZEMBER ★

Erneut hatte das Wetter umgeschlagen. Das Wirtshaus thronte schneebedeckt auf seinem Hügel überm Dorf. Der Vollmond erhob sich hinter dem Fichtenwald und tauchte die verschneite Landschaft in silbernes Licht. Die alten Eschen vor dem Wirtshaus ragten wie in Watte gepackte Skelette in den Nachthimmel. Auf dem Parkplatz standen zig Autos. Die brennenden Kerzen eines bunt geschmückten Weihnachtsbaums und Teelichte auf den Tischen erhellten die Gaststube samt Nebenraum. Alle Tische waren festlich eingedeckt, die Teller darauf größtenteils geleert. Es duftete nach Wachs, Würstl mit Kraut, Glühwein und Tannenbaum. Um die geschmückte Tanne lagen unzählige Geschenkpäckchen. Die Fensterscheiben beschlugen ein wenig.

Durch ein gekipptes Fenster klang „Stille Nacht, Heilige Nacht" als vielstimmiger Chor. An einer Wand hing unübersehbar eine gerahmte Fotografie von Josef Pichl. Die Gesichter der Erwachsenen

★ 24. DEZEMBER ★

waren ernst. Doch in den Augen der Kinder strahlte die Weihnachtsfreude. Fanny stand neben Emil hinter der Theke und sang. Sie konnte die kräftige Altstimme ihrer Mutter aus dem Chor heraushören. In der Tür zur Küche sang die Krämersfrau mit geschlossenen Augen und gefalteten Händen. Selbst Marlies, die blass und mitgenommen aussah, hatte in den Chor eingestimmt.

Fanny spürte, wie ihre Stimme brüchig wurde und Tränen der Rührung aufstiegen. Emil stieß sie unsanft in die Seite. Dabei hatte er selber nasse Augen. Aber so war er eben – ein wenig sonderbar.

Draußen kam ein weiterer Wagen hinzu und zwängte sich in die letzte Lücke. Der Bewegungsmelder erhellte den Parkplatz, was aber nur Fanny bemerkte, weil sie gerade nicht mitsang. Sie kannte den Text von „Kling, Glöckchen, kling" nicht auswendig. Die Wirtshaustür quietschte ein wenig, etwas Pulverschnee staubte herein und der Kommissar trat ein. Sein Blick suchte Fannys. Er öffnete den Mund und stimmte in das Weihnachtslied mit ein.

Am Himmel schoben sich dicke Wolken über den Vollmond. Erst schwebten nur winzige Flöckchen vom Himmel, dann immer mehr. Schließlich rieselte der Schnee mit seinem so einzigartigen Flüstern auf das Wirtshaus und bedeckte die davor parkenden Autos. Der Kommissar würde an diesem Abend nicht mehr in die Stadt zurückfahren können.

Impressum

© 2022 arsEdition GmbH, Friedrichstr. 9, 80801 München
Alle Rechte vorbehalten

Text: Marion Solowski

Bildnachweis

Cover: Shutterstock.com / Mia Stendal; Fer Gregory; muratart; Executioner; mikeledray

Innenteil: Shutterstock.com / Yeti studio; Africa Studio; MaraZe; iHaMoo; ja-images; Vladimir Konstantinov; Brian A Jackson; Couperfield; Stone36; garetsworkshop; Africa Studio; Salivanchuk Semen; fizkes; New Africa; rzoze19; Karl Allgaeuer; Ruud Morijn Photographer; Evgrafova Svetlana; Ania Lyons; zef art; Attila Vanyo; Bilanol; Mia Stendal; Mia Stendal; Joachim Bago; Vershinin89; unpict; Sebastian Steude; Wirestock Creators; DG Stock; Denis Torkhov; Raggedstone; rangizzz; Olga Nikonova; Fer Gregory; Flotsam; jg2000; Motortion Films; Motortion Films; Antlex Photography; J.Thasit

Covergestaltung: arsEdition GmbH
Gestaltung: Marielle Enders, www.itsme-design.de

ISBN 978-3-8458-4924-9

www.arsedition.de